HEROÍNAS do BRASIL

ESCRITO POR
LÚCIA TULCHINSKI

ILUSTRADO POR
LAILA ARÈDE

HEROÍNAS do BRASIL

Lura

Copyright © 2023 por Lura Editorial
Todos os direitos reservados.

Gerente editorial: Aline Assone Conovalov
Capa e projeto gráfico: Lura Editorial
Ilustração: Laila Arêde
Preparação: Mag Brusarosco
Revisão: Mitiyo S. Murayama

Todos os direitos reservados. Impresso no Brasil.
Nenhuma parte deste livro pode ser utilizada, reproduzida ou armazenada em qualquer forma ou meio, seja mecânico ou eletrônico, fotocópia, gravação etc., sem a permissão por escrito da editora.

Dados Internacionais de Catalogação na Publicação (CIP)
(Câmara Brasileira do Livro. SP. Brasil)

Tulchinski, Lúcia
   Heroínas do Brasil / Lúcia Tulchinski ; [ilustração Laila Arêde]. -- São Caetano do Sul, SP : Lura Editorial, 2023.

   ISBN 978-65-5478-069-8

1. História brasileira 2. Empoderamento feminino I. Arêde, Laila. II. T

CDD- 981

Índice para catálogo sistemático
1. História do Brasil : 981

Lura Editorial
Rua Manoel Coelho, 500, sala 710, Centro
09510-111 – São Caetano do Sul – SP – Brasil
www.luraeditorial.com.br

*Dedicado a todas que vieram antes,
desbravaram caminhos,
ousaram sonhar
e deram o seu melhor.*

Linha do tempo

Século XVI
Madalena Caramuru - Século XVI

Século XVII
Aqualtune - Século XVII
Clara Camarão - Século XVII
Dandara - Século XVII

Século XVIII
Tereza de Benguela - 1700–1770
Esperança Garcia - 1751–?
Bárbara de Alencar - 1760–1832
Joana Angélica de Jesus - 1761–1822
Maria Quitéria de Jesus - 1792–1853

Século XIX
Luísa Mahin - Século XIX
Nísia Floresta - 1810–1885
Ana Néri - 1814–1880
Anita Garibaldi - 1821–1849
Chiquinha Gonzaga - 1847–1934
Jovita Feitosa - 1848–1867

Convite

Quantas heroínas brasileiras você conhece? Nenhuma? Apenas algumas? Pois fique sabendo que muitas brasileiras participaram de capítulos importantes de nossa história: independência, abolicionismo, direito da mulher à educação, ao voto e à escolha de uma profissão. E mais, muito mais.

Nas próximas páginas, você viajará ao passado — um, dois, três, quatro, cinco séculos — para conhecer mulheres incríveis que enfrentaram preconceitos, romperam padrões e foram além dos limites estabelecidos. Com muita coragem e ousadia, sozinhas ou com pouco apoio, elas ajudaram a transformar a realidade.

Convencidas de que estavam fazendo a coisa certa. E fizeram mesmo.

Neste primeiro volume, convidamos você a mergulhar na história de vida dessas mulheres que viveram do século XVII até a metade do século XIX. No segundo volume, você conhecerá outras heroínas que vieram depois!

Que a trajetória dessas heroínas sirva de inspiração para você. Afinal, todos temos muito a fazer para melhorar o mundo.

BOA LEITURA!

Sumário

Madalena Caramuru 13
PRIMEIRA BRASILEIRA ALFABETIZADA

Aqualtune 19
A PRINCESA GUERREIRA

Clara Camarão 25
DESTEMIDA GUERREIRA

Dandara 31
DEFENSORA DE PALMARES

Tereza de Benguela 37
RAINHA QUILOMBOLA

Esperança Garcia 43
PIONEIRA DA JUSTIÇA

Bárbara de Alencar 49
REBELDE DO CRATO

Joana Angélica de Jesus...............55
MÁRTIR DA INDEPENDÊNCIA

Maria Quitéria de Jesus...............61
HEROÍNA DA INDEPENDÊNCIA

Luísa Mahin...............67
QUITUTEIRA ABOLICIONISTA

Nísia Floresta...............73
A EDUCADORA FEMINISTA

Ana Néri...............79
PRIMEIRA ENFERMEIRA DO BRASIL

Anita Garibaldi...............85
HEROÍNA DE DOIS MUNDOS

Chiquinha Gonzaga...............91
MAESTRINA DO POVO

Jovita Feitosa...............97
AUDACIOSA VOLUNTÁRIA DA PÁTRIA

Atividades...............106

Madalena Caramuru

Ela descobriu a importância
de ler e escrever e
lutou para estender esse
benefício para outras
mulheres no Brasil Colonial.

SÉCULO XVI
Madalena Caramuru
PRIMEIRA BRASILEIRA ALFABETIZADA

Saber ler e escrever era um privilégio de poucos no Brasil Colonial. Nessa época, somente os meninos podiam estudar. As meninas ficavam em casa, aprendendo tarefas domésticas, à espera de um bom casamento.

Madalena Caramuru, que viveu no século XVI, filha do português Diogo Álvares Correia, o Caramuru, com a índia tupinambá Moema, sabia muito bem disso.

Acontece que o casamento com o português Afonso Rodrigues abriu-lhe as portas para a alfabetização. Ela aprendeu a ler e escrever e ganhou acesso ao mundo dos livros, leituras e conhecimento. Pensa que ela sossegou com o privilégio? Nem um pouco. Madalena acreditava que ler e escrever deveria ser um direito de todas as mulheres. Na cultura tupinambá, era comum a igualdade de direitos entre homens e mulheres.

Madalena Caramuru

Para tentar mudar essa história, em 26 de março de 1561, Madalena escreveu uma carta para o padre Manuel da Nóbrega, chefe da primeira missão jesuíta no Brasil. Pedia o fim dos maus-tratos às crianças indígenas e o acesso das mulheres à educação.

O padre jesuíta ficou sensibilizado com a solicitação de Madalena e a encaminhou à Corte portuguesa.

A rainha Catarina, receosa das mudanças que poderiam ocorrer caso as mulheres passassem a estudar, negou o pedido. Era ousado demais para a época. Já percebeu como a educação e o conhecimento assustam sistemas de governo totalitários? Refletir, questionar, comparar, reivindicar, transformar não fazem parte do vocabulário daqueles que preferem que os cidadãos apenas cumpram papéis. Aprender a pensar é libertador.

As mulheres só teriam acesso às escolas públicas no Brasil a partir de 1827, no século XIX.

Madalena Caramuru faleceu antes de ver isso acontecer.

Saiba mais!

- Em 2001, os Correios lançaram um selo com a imagem de Madalena Caramuru em comemoração da alfabetização de mulheres.

Aqualtune

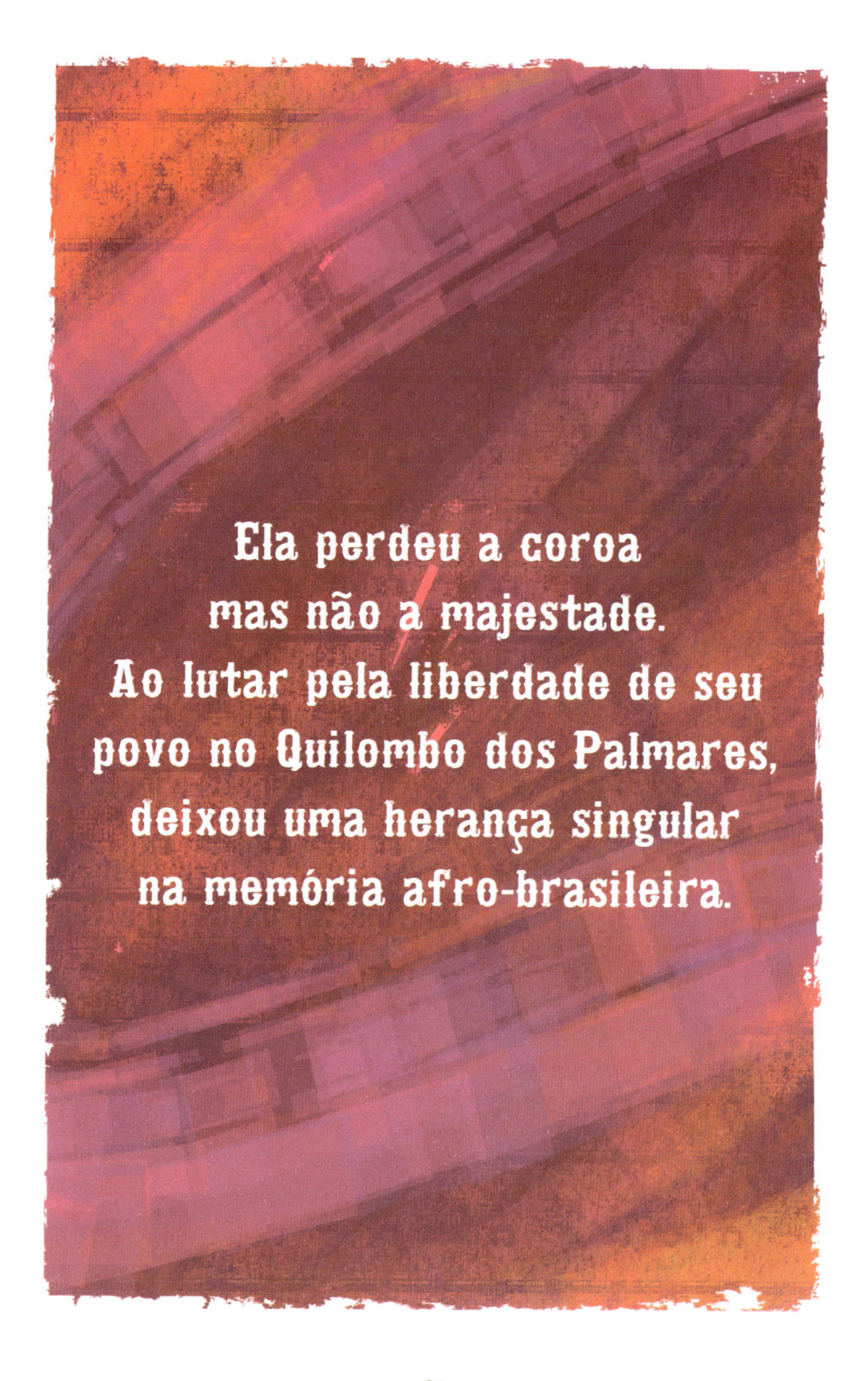

Ela perdeu a coroa
mas não a majestade.
Ao lutar pela liberdade de seu
povo no Quilombo dos Palmares,
deixou uma herança singular
na memória afro-brasileira.

SÉCULO XVII
Aqualtune
A PRINCESA GUERREIRA

Um dia ela era uma princesa, no outro, uma escrava. Mudança radical, não é? Aqualtune enfrentou tudo isso e deu a volta por cima.

No século XVII, Aqualtune Ezgondidu Mahamud, filha do rei Nvita-a-Nkanga, era uma princesa respeitada no reino do Congo.

No continente africano, eram frequentes as disputas com as nações europeias. O Congo guerreava com Portugal pelo controle de territórios.

Durante a Batalha de Mbwila, em 1665, Aqualtune, exímia guerreira, chegou a liderar dez mil congoleses, entre homens e mulheres, contra os portugueses. Mas a resistência foi incapaz de vencer os adversários. Aqualtune viu seu pai ser decapitado e, junto com outros compatriotas, foi vendida para senhores de escravos.

Ela desembarcou de um navio negreiro em Recife, Pernambuco, em 1597. Forte e saudável, a princesa foi levada para a região de Porto Calvo, em Alagoas.

Aqualtune

Nessa época, cerca de quarenta negros tinham se refugiado na Serra da Barriga, atual estado de Alagoas, para dar início àquele que seria o maior quilombo da América Latina: Palmares.

Ao saber disso, Aqualtune organizou uma fuga com outros escravos para o quilombo. Graças a sua ascendência nobre, capacidade de organização e experiência como estrategista de guerra, ela passou a comandar o local.

Palmares consolidou-se como um refúgio seguro, tornando-se um exemplo incômodo para a Coroa Portuguesa.

A princesa-guerreira deu à luz a Ganga Zumba e Ganga Zona

— Que se tornariam dois importantes líderes guerreiros —, e Sabina, que se tornaria mãe do grande Zumbi dos Palmares.

Não se sabe ao certo quando e como Aqualtune morreu. A verdade é que ela se tornou uma lenda. Aposto que você vai concordar comigo que ela foi uma grande heroína e merece estar neste livro. Seu nome foi apagado da história como o de muitas outras mulheres. Qual o motivo dessa invisibilidade? Seria a falta de registros históricos? O processo de branqueamento da história? Ou o fato de a figura dela ser avassaladora demais para o patriarcado que criou a narrativa histórica? O que você pensa disso?

Chegou a hora de reverenciá-la com o devido respeito, relembrando sua saga e pronunciando seu nome em alto e bom som: AQUALTUNE...

Saiba mais!

◆ Foi tema do samba-enredo *Oxalá, salve a princesa!*, da Mancha Verde, campeã do carnaval paulista, em 2019.

◆ Aqualtune é lembrada na música *Zumbi*, de Jorge Ben Jor.

Clara Camarão

Ela desafiou os costumes
da tribo e, ao lado de outras
mulheres corajosas,
ajudou a expulsar os invasores
holandeses do Nordeste.

SÉCULO XVII
Clara Camarão
DESTEMIDA GUERREIRA

Séculos atrás, as mulheres não podiam fazer as mesmas coisas que os homens. Lutar como um soldado, por exemplo, era apenas para homens. Isso não impediu Clara Camarão de guerrear.

Nascida entre os potiguaras, povo indígena que habitava o Rio Grande do Norte, no século XVII, Clara recebeu seu nome após ser catequizada pelos jesuítas. Teve de abandonar para sempre seu nome indígena, um ato arbitrário imposto aos povos originários pelos colonizadores. Consegue imaginar como seria se você fosse obrigado a trocar de nome porque outros assim decretaram? Como se sua identidade tivesse de ser recriada por questões alheias à sua vontade. Por exemplo: Joana, a partir de amanhã você se chamará Elisângela. Eu não ia gostar nem um pouco disso.

O sobrenome Camarão veio da união com o índio Poti, batizado de Antônio Filipe Camarão.

Clara Camarão

Durante as invasões holandesas ao Nordeste, que começaram em 1630, em Pernambuco, Clara preferia cavalgar, manejar o arco e a flecha, usar o tacape e a lança em vez de realizar tarefas femininas como cozinhar, plantar e criar artefatos.

Montada a cavalo, empunhando uma lança, ela lutava ao lado de Filipe nos confrontos contra os holandeses.

Um protagonismo mais significativo coube a ela em 1646, quando os holandeses tentaram invadir a vila de São Lourenço de Tejucupapo em busca de comida.

Os invasores escolheram um dia em que a maioria dos homens não estava lá. Ao chegarem, os seiscentos soldados holandeses tiveram uma surpresa e tanto: foram recebidos a bala pelos poucos homens que ficaram. Enquanto isso, as mulheres, escondidas em trincheiras, jogaram uma mistura de água fervente com pimenta neles. Então, Clara Camarão e outras guerreiras usaram seus arcos, tacapes, enxadas e lanças para atacar os soldados. Os inimigos não resistiram. E, além das baixas, contabilizadas em trezentos soldados, o moral dos holandeses foi por água abaixo. A dominação holandesa no país acabaria definitivamente em 1654.

Após a morte de Filipe, de malária, dizem que Clara voltou para o Rio Grande do Norte, onde viveu mais alguns anos antes de falecer.

Seu nome também praticamente não consta nos registros históricos. Agora você sabe que ele merece ser lembrado. Não é todo dia que nasce uma guerreira valente e intrépida como Clara Camarão.

Saiba mais!

- O nome de Clara Camarão foi inscrito no **Livro de Heróis e Heroínas da Pátria**, guardado no Panteão da Pátria e da Liberdade, em Brasília.

- No Rio Grande do Norte, uma refinaria da Petrobrás leva seu nome.

- Em todo o país, há ruas, escolas e instituições com o nome de Clara Camarão.

- Desde 1993, no município de Goiana, em Pernambuco, no último domingo do mês de abril, a Associação Teatral Heroínas de Tejucupapo encena a batalha ocorrida na região.

Dandara

Ela sonhava em libertar seu povo da escravidão imposta pelo governo colonial. Por isso, lutou com bravura e morreu em nome da liberdade.

SÉCULO XVII
Dandara
DEFENSORA DE PALMARES

Não se sabe ao certo onde Dandara nasceu, se no Brasil ou no continente africano. Talvez, até mesmo, num navio negreiro.

Conta-se que ela foi ainda menina para o Quilombo dos Palmares, localizado na então Capitania de Pernambuco, atual estado de Alagoas. Palmares foi o maior quilombo do Brasil. Chegou a ter 20 mil habitantes e nove aldeias. Alvo de constantes ataques ordenados pela Coroa Portuguesa, resistiu cerca de um século.

Os quilombos eram refúgios localizados em regiões de difícil acesso, onde africanos e afrodescendentes que fugiam do sistema escravista procuravam viver em liberdade. Índios e brancos marginalizados ali também encontravam abrigo.

Dandara aprendeu a lutar capoeira e a manejar armas desde menina. Ainda adolescente, foi escolhida para comandar a ala feminina do exército palmarino. Suas habilidades superavam as de

Dandara

muitos homens, por isso ela foi designada para o treinamento de crianças e mulheres.

Em Palmares, Dandara conheceu Zumbi, que viria a ser um dos líderes mais respeitados do quilombo. Ele teria se encantado pela mulher que preferia viver em guerra do que escravizada fora do quilombo. Ela se tornou sua esposa e mãe de seus três filhos: Harmódio, Motumbo e Aristogiton.

Juntos, os dois planejavam a resistência combativa de Palmares. Dandara e Zumbi opunham-se radicalmente aos acordos de paz com a Coroa portuguesa, pois não aceitavam nada menos do que o fim da escravidão. Apesar de todo o seu envolvimento e participação ativa na luta para o fim da escravidão, ainda hoje Dandara não é devidamente reconhecida. Sua figura, pouco estudada, ainda é envolta em mistério. Uma herança machista? Um olhar sobre a memória histórica que ainda diferencia os gêneros? Vale a pergunta: Até que ponto ainda reproduzimos paradigmas ultrapassados para falar até mesmo sobre racismo?

A guerreira preferiu morrer a voltar a ser escrava. Ao ser presa em 1694, após um grande ataque ao quilombo, liderado pelos portugueses, teria se atirado de uma pedreira. Outra versão diz que ela foi assassinada na prisão antes do julgamento.

Palmares tornou-se um símbolo de luta contra o racismo e o preconceito racial. Agora você já sabe que, além de Zumbi, Dandara também faz parte dessa história.

Saiba mais!

- O nome de Dandara passou a integrar o ***Livro de Heróis e Heroínas da Pátria***, guardado no Panteão da Liberdade, em Brasília, em 2019.

- ONGs e instituições de luta contra o preconceito racial levam o nome da guerreira.

- Em 2019, a Mangueira conquistou o título de campeã do carnaval carioca ao homenagear Dandara e outras heroínas esquecidas do Brasil com o enredo ***História para ninar gente grande***.

Tereza de Benguela

Em vez de se conformar,
ela decidiu lutar pelo
direito de ser livre e
enfrentar o pior pesadelo
do Brasil Colonial:
a escravidão.

1700-1770
Tereza de Benguela
RAINHA QUILOMBOLA

Não se sabe ao certo onde Tereza nasceu. Se em Benguela, nação de Angola, na África, ou no Brasil. Essa líder quilombola ficou conhecida por administrar com determinação um reduto no meio da floresta, no século XVIII.

Tereza assumiu o comando do Quilombo do Quariterê, localizado no Vale do Guaporé, município de Vila Bela da Santíssima Trindade, no Mato Grosso, após o assassinato de seu companheiro José Piolho, líder do lugar. O quilombo ficava numa região rica em ouro e pedras preciosas que atraíam exploradores de riquezas, como os bandeirantes.

Ali viviam mais de cem pessoas que tinham conseguido fugir do trabalho forçado nas minas e fazendas. Tereza acolhia todos: negros, índios, mestiços, brancos rebeldes e descendentes dos antigos povos pré-colombianos. Em Quariterê, a sabedoria, as tradições e a cultura de cada etnia era respeitada.

Tereza de Benguela

Sua determinação, visão e liderança consagraram-na para sempre como rainha Tereza.

Ela implantou um parlamento, que presidia com firmeza, para discutir assuntos de interesse da comunidade.

A líder quilombola usava o excedente das plantações de milho, feijão, mandioca, banana e algodão como moeda de troca para as relações comerciais com os habitantes da região. Uma estrategista de primeira grandeza.

Guerreira nata, Tereza criou um eficiente sistema de defesa do quilombo, alvo de constantes ataques dos bandeirantes e soldados, a mando dos governantes da capitania do Mato Grosso. Durante duas décadas, de 1750 a 1770, o local foi um reduto de prosperidade e de liberdade.

Dizem que Tereza não suportou a humilhação de ser capturada num fulminante ataque ao quilombo e se suicidou. Outra versão diz que enlouqueceu, foi assassinada e sua cabeça colocada num poste. Morreu pela liberdade que tanto defendia.

Será que até hoje as mulheres que ocupam cargos de poder não se sentem muito mais cobradas do que os homens no exercício de suas funções? Como se tivessem que fazer "mais e melhor"? As piadas e os comentários machistas deixaram de existir? Por que temos tão poucas candidatas a cargos políticos? Perguntas necessárias, creio, que podem ajudar a construir o caminho da igualdade de gêneros e de um mundo melhor.

Saiba mais!

- O dia 25 de julho foi instituído como Dia Nacional de Tereza de Benguela e da Mulher Negra.

- No carnaval de 1994, no Rio de Janeiro, a escola de samba Unidos do Viradouro homenageou-a com o enredo **Uma rainha negra no Pantanal**, assinado por Joãozinho Trinta. "Vai clarear, oi vai clarear. Um sol dourado de quimera. A luz de Tereza não apagará. E a Viradouro brilhará na nova era", dizia o samba-enredo.

Esperança Garcia

Ela tinha apenas dezenove anos quando protestou em uma carta para as autoridades sobre o tratamento desumano recebido pelos negros escravizados.

1751–?
Esperança Garcia
PIONEIRA DA JUSTIÇA

Era uma vez uma jovem negra, mãe, escravizada que ousou denunciar os maus-tratos e as injustiças sofridos pelos escravos no século XVIII.

Tudo aconteceu depois que Esperança foi separada do marido Ignácio, um negro escravizado como ela, e dos filhos, que viviam na Fazenda Algodões, e levada à força para outra fazenda em Nazaré do Piauí. Ela tinha apenas 19 anos. Essa era uma prática comum no sistema escravocrata no século XVIII.

Cansada das surras e humilhações impostas pelo feitor da propriedade a ela e a outros escravos, em 6 de setembro de 1770 Esperança escreveu uma carta para o governador da província do Piauí. Além de denunciar os maus tratos, a escrava pedia para voltar para a Fazenda Algodões e batizar a filha.

Esperança Garcia

Ao contrário da maioria dos negros escravizados, ela sabia ler e escrever graças aos padres jesuítas que, antes de serem expulsos do Brasil, contrariaram a proibição de alfabetizar escravos.

Consegue perceber como ela foi corajosa? Naqueles tempos, nenhum escravo se atrevia a protestar contra os maus-tratos para os patrões, muito menos para as autoridades. Temiam os castigos, os açoites, a brutalidade. Alguns permaneciam quietos na execução das tarefas, como se não tivessem voz. Protestar não parecia ser uma opção para a maioria.

Sem obter nenhuma resposta das autoridades, Esperança decidiu fugir. E conseguiu. Registros históricos comprovam que alguns anos depois seu nome constava em uma lista de trabalhadores da Fazenda Algodões, ao lado do marido Ignácio, com sete crianças.

A carta de Esperança, encontrada em 1979 no arquivo público do Piauí (quase como um milagre) pelo pesquisador e historiador Luiz Mott, é considerada uma verdadeira petição porque reúne elementos jurídicos importantes como endereçamento, identificação, narrativa dos fatos, fundamento no Direito e um pedido. Por isso, alguns historiadores referem-se à Esperança Garcia como precursora da advocacia estadual e, até mesmo, a primeira advogada do estado do Piauí. Uma reverência merecida.

E eu lhe pergunto: alguma vez você já teve vontade de se expressar sobre alguma coisa, protestar sobre algo? Percebe como esse pode ser um poderoso exercício de liberdade? Seja nas redes sociais, seja numa carta endereçada a alguma autoridade, esse é um direito democrático seu. Exercitá-lo pode ser transformador para você e para a sociedade. A mobilização por causas humanitárias ajuda a transformar o mundo num lugar melhor. Disso eu não tenho dúvidas.

Saiba mais!

- No dia 6 de setembro, data da petição, é comemorado o Dia Estadual da Consciência Negra no Piauí, desde 1999.

- O Conselho Estadual da Ordem dos Advogados do Brasil (OAB/PI) concedeu o título simbólico de primeira mulher advogada do Piauí a Esperança Garcia, em 2017.

- O Instituto Esperança Garcia atua desde 2016 com iniciativas de educação em Direitos Humanos. Confira em *esperancagarcia.org*.

Bárbara de Alencar

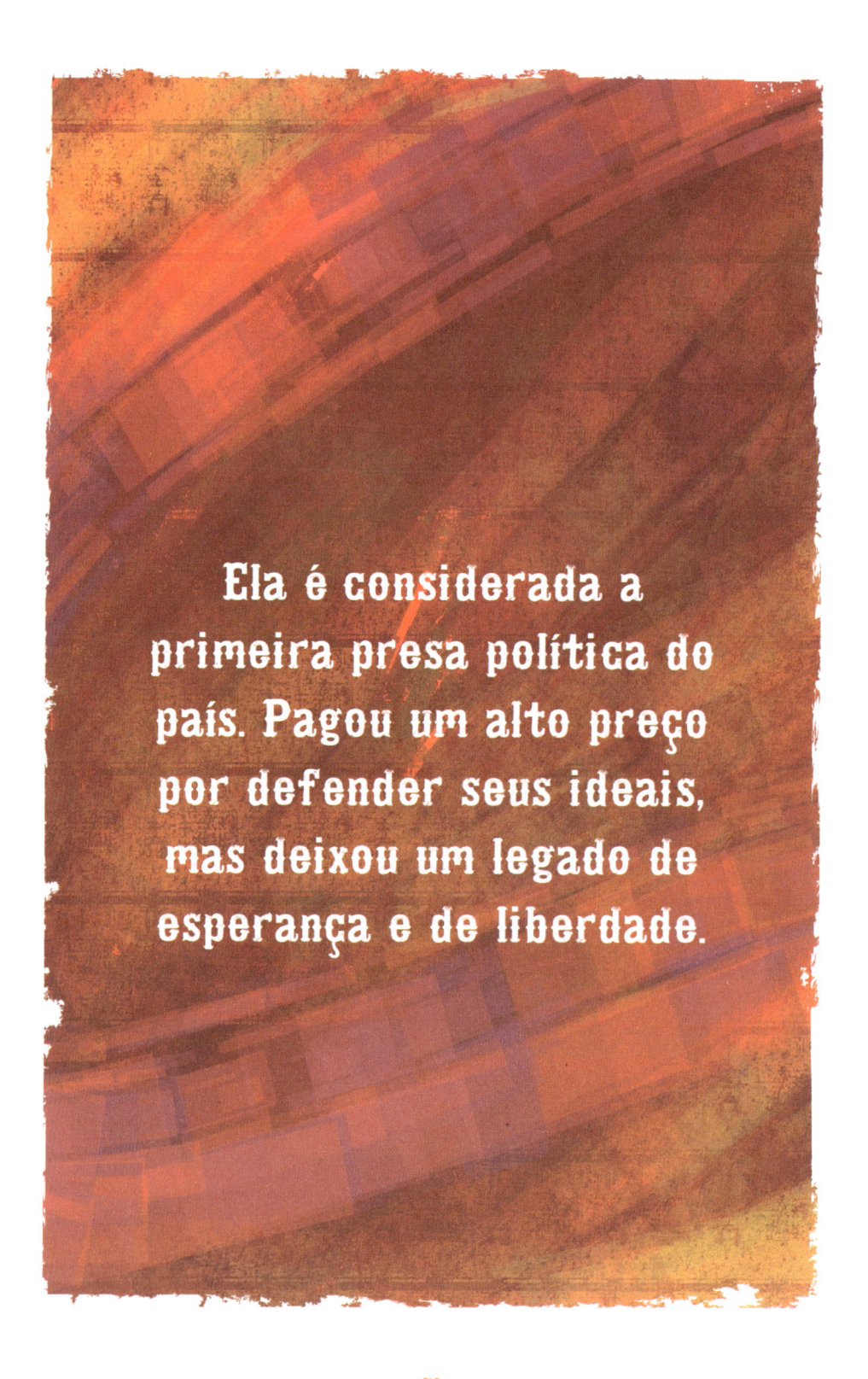

Ela é considerada a primeira presa política do país. Pagou um alto preço por defender seus ideais, mas deixou um legado de esperança e de liberdade.

1760-1832
Bárbara de Alencar
REBELDE DO CRATO

Era uma vez uma adolescente, nascida no século XVIII numa família tradicional, no sertão pernambucano, que se mudou para a casa da madrinha, no Crato, Ceará, para fazer o que apenas os garotos podiam: estudar.

A jovem cresceu e se tornou uma mulher com personalidade forte, que gostava de expor suas opiniões e sonhava com um mundo melhor e mais justo.

Enquanto as outras mulheres ficavam recatadas em casa, seguindo o *script* social daqueles tempos, ela gostava de ler clássicos da literatura em voz alta, nos degraus de casa, para todos aqueles que quisessem ouvir.

Quando ela ficou viúva aos 49 anos, tornou-se responsável pelos engenhos e propriedades rurais da família. Dona Bárbara do Crato mandava, desmandava e fazia acontecer. Os escravos que ali trabalhavam eram tratados com humanidade, ao contrário dos maus-tratos recebidos de outros patrões.

Na época, o Brasil era uma colônia portuguesa, obrigada a seguir as leis imperiais, como o pagamento de impostos à Coroa. A fome, a pobreza e as imposições de Portugal revoltavam muitos nordestinos. Entre eles, o filho caçula de Bárbara, José Martiniano de Alencar, que em 1817 encabeçou um movimento para libertar o Ceará de Portugal. Bárbara apoiou totalmente a iniciativa revolucionária que levou à criação da República do Crato, 70 anos antes da Proclamação da República no Brasil. Não era comum mulheres assumirem tais posições políticas. As que ousavam, como Bárbara, deveriam ser controladas para que não dessem um exemplo incômodo.

Mas tropas da Coroa sufocaram o movimento em poucos dias. Bárbara e seus filhos foram presos. A "Rebelde do Crato" foi considerada agitadora, revoltosa, conspiradora, liberal e conjurada. Seus bens foram confiscados. Algemada e acorrentada no lombo de um cavalo, ela foi forçada a percorrer a pé com outros prisioneiros mais de 500 quilômetros entre Crato e Fortaleza.

Depois, ela foi confinada num pequeno calabouço por oito meses e depois transferida para prisões em Recife e em Salvador, onde ficou até ser anistiada quatro anos depois. Historiadores a consideram a primeira presa política do país.

Apesar de tudo que passou, Bárbara permaneceu fiel aos seus valores. Ser íntegra e verdadeira, quando todos ao seu redor pensam de forma diferente, nem sempre é fácil. Exige coragem e determinação. Mas quando a gente consegue, se sente muito bem. E, assim, sendo fiel a nós mesmas, vamos encontrando nosso caminho na vida. E deixamos um legado precioso.

Em 1822, quando os ideais republicanos agitavam o país, Bárbara e seus filhos envolveram-se novamente em movimentos para libertar o Brasil do domínio português.

Bárbara perdeu dois filhos e vários outros parentes nos confrontos com as tropas imperiais na Confederação do Equador.

A "Rebelde do Crato" morreu aos 72 anos de idade, sem ver o filho José Martiniano, pai do escritor José Alencar, se tornar senador e, depois, presidente da província do Ceará.

Ela certamente teria aplaudido.

Saiba mais!

- Em dezembro de 2014, seu nome foi inscrito no **Livro dos Heróis e Heroínas da Pátria**, guardado no Panteão da Pátria e da Liberdade, em Brasília.

- Em Fortaleza, existe uma estátua de Bárbara de Alencar na Praça Medianeira.

- O centro administrativo do Governo do Ceará foi batizado com o nome da "Rebelde do Crato".

- A Medalha Bárbara de Alencar, instituída pelo Centro Cultural Bárbara de Alencar, homenageia anualmente três mulheres por suas ações em prol da sociedade.

Joana Angélica de Jesus

Ela agiu de forma heroica no conturbado período de lutas pela independência do Brasil, sacrificando-se para salvar vidas.

1761-1822
Joana Angélica de Jesus

MÁRTIR DA INDEPENDÊNCIA

A Irmã das Religiosas Reformadas de Nossa Senhora da Conceição, Joana Angélica de Jesus, dedicava sua vida inteiramente a Deus e ao Convento de Nossa Senhora da Conceição da Lapa, em Salvador.

Desde os vinte anos, quando seguiu sua vocação religiosa, exerceu várias funções. Foi escrivã, vigária, mestre de noviças, conselheira, abadessa e prelada. A população baiana tinha-a em alta conta graças às suas inúmeras qualidades.

Na casa religiosa, sob sua orientação, as irmãs oravam constantemente pela intervenção de Nossa Senhora nas causas da Pátria.

O momento era tenso. No início de 1822, a capital baiana fervia de agitação. As tropas portuguesas ocupavam a cidade. Ataques a fortes e quartéis, defendidos por oficiais brasileiros, ocorriam sem parar. Soldados e marinheiros portugueses invadiam até casas particulares em busca de revoltosos.

Joana Angélica de Jesus

Nem o Convento de Nossa Senhora da Conceição da Lapa, onde as freiras viviam em clausura, e onde homens não poderiam pisar, escapou... No dia 19 de fevereiro, soldados portugueses invadiram o lugar à procura de militantes e armas. Um ato impensável e arbitrário, impetrado por homens que defendiam a Coroa Portuguesa. Na história da humanidade, não são poucos os eventos assim. Dominados por ideologias totalitaristas, seres humanos se deixam conduzir pela bestialidade. Já imaginou se os soldados simplesmente cruzassem os braços e se recusassem a matar?

Com golpes de machado, eles derrubaram o pesado portão de ferro colonial. Ao pressentir o avanço do destacamento, Joana Angélica de Jesus orientou as irmãs a fugirem pelos fundos. Então, colocou-se à frente dos soldados com os braços abertos para detê-los e teria dito: "Para trás, bandidos. Respeitem a Casa de Deus. Recuai! Só penetrareis nesta Casa passando por sobre o meu cadáver!"

E eles passaram. Ela foi assassinada, sem perdão, com golpes de baioneta. E, assim, tornou-se a primeira Mártir da Independência da Bahia e do Brasil. Meses depois, em 7 de setembro, Dom Pedro I proclamaria a independência do Brasil. "É tempo! Independência ou Morte! Estamos separados de Portugal."

Saiba mais!

- Seu nome foi inscrito no **Livro dos Heróis e Heroínas da Pátria**, guardado no Panteão da Liberdade, em Brasília.

- A avenida ao lado do Convento da Lapa foi batizada com o nome da mártir da independência.

- Joana Angélica de Jesus tem seu nome em diversos colégios do Brasil.

Maria Quitéria de Jesus

Ninguém disse para ela lutar como uma garota. Afinal, no século XIX, mulheres não podiam ir para o campo de batalha. Quem disse que ela obedeceu?

1792–1853
Maria Quitéria de Jesus

HEROÍNA DA INDEPENDÊNCIA

Era uma vez uma menina chamada Maria Quitéria, órfã de mãe desde os 10 anos, que ajudou a cuidar dos dois irmãos caçulas, numa fazenda, na Bahia.

Ela tinha um jeito independente de ser. Gostava de caçar, pescar e manejar armas. Isso incomodava muito a madrasta dela, que preferia que ela fosse mais comportada.

Ao saber que o governo da Bahia recrutava soldados para combater os portugueses nas lutas pela independência do país, Maria Quitéria quis se alistar. "Não!!!", ouviu do pai. Então, ela cortou os cabelos, emprestou a farda e os documentos do cunhado e apresentou-se ao regimento de artilharia como soldado Medeiros.

Tudo corria bem até que seu disfarce foi revelado pelo pai semanas depois...

Maria Quitéria de Jesus

Tarde demais. Sua garra, disciplina e destreza no manejo das armas garantiram-lhe a permanência no exército. Primeiro na artilharia, depois na infantaria e, por fim, no Batalhão de Voluntários do Príncipe Dom Pedro.

Maria Quitéria voltou a usar seu nome verdadeiro, vestiu um saiote à moda escocesa, colocou um penacho no chapéu e literalmente foi à luta. Seu gesto motivou outras mulheres a aderirem às tropas e, assim, um pelotão feminino, liderado por ela, foi formado.

Foram vários os combates do pelotão, como a defesa da Ilha da Maré, da Barra do Paraguaçu, de Itapuã e de Pituba. Após a declaração da independência, os conflitos continuaram e, mais uma vez, o batalhão de Maria Quitéria foi vitorioso.

A vitória rendeu à Maria Quitéria a promoção de soldado para cadete. O imperador Dom Pedro I entregou-lhe o título de *Cavaleiro da Ordem Imperial do Cruzeiro* e uma carta para o pai, com um pedido de perdão pela desobediência da filha. Naqueles tempos, o patriarcado regia as relações sociais. Por isso, em nenhum momento o imperador disse algo como "o senhor deveria se orgulhar da sua filha que manejava armas melhor do que qualquer soldado". De homem para homem, preferiu pedir desculpas pela "desobediência" dela.

Ela voltou para casa, foi perdoada pelo pai, casou-se com o namorado, o lavrador Gabriel Pereira de Brito, e teve uma filha, Luísa Maria da Conceição.

Anos depois, viúva, mudou-se para Salvador, onde faleceu em 1853, no anonimato.

Desde 1996, um quadro com seu retrato foi afixado em todos os estabelecimentos militares do país. Ela é patrona do Quadro Complementar de Oficiais do Exército Brasileiro desde 1996. Nenhuma outra mulher conseguiu esse feito.

Saiba mais!

- Seu túmulo está na Igreja Matriz do Santíssimo Sacramento, no bairro de Nazaré, em Salvador.

- Uma estátua em sua homenagem foi construída na Praça da Soledade, em Salvador.

- Seu nome consta do **Livro de Heróis e Heroínas da Pátria**, que fica no Panteão da Liberdade, em Brasília.

- No Museu do Ipiranga, em São Paulo, você pode ver um quadro com o retrato de Maria Quitéria fardada, com um fuzil.

Luísa Mahin

À frente de seu tabuleiro de quitutes, a ex-escrava apoiou movimentos revolucionários para acabar com a escravidão na Bahia.

SÉCULO XIX
Luísa Mahin
QUITUTEIRA ABOLICIONISTA

Era uma vez uma ex-escrava que decidiu apoiar movimentos que se rebelavam contra a escravidão. Luísa Mahin, nascida no século XIX na tribo Mahi da nação africana Nagô, em Daomé, Costa Mina, na África, chegou ao Brasil como escrava, assim como outras mulheres negras. Antes de comprar sua alforria, ela conheceu a vida de trabalho forçado na lavoura e nos engenhos.

Cozinheira de mão cheia, Luísa ganhava o sustento como quituteira nas ruas de Salvador. Na verdade, essa também era uma fachada para participar de movimentos em prol da abolição da escravatura. De seu tabuleiro, partiam mensagens para outros rebeldes, entregues por meninos que fingiam comprar as iguarias.

Sua casa era uma espécie de quartel-general de todos os movimentos revoltosos negros em Salvador.

Luísa Mahin

A Conspiração Malê, por exemplo, foi um deles. Malê era o nome pelo qual os africanos islamizados que falavam árabe eram conhecidos. Sob sua liderança, diversas revoltas irromperam na Bahia, visando ao fim da escravidão e à adoção do islamismo como religião oficial do reino que seria fundado em Salvador. A Revolta dos Malês teve seu auge em 1835, quando os rebeldes chegaram a ameaçar o poder colonial e criaram um quartel-general em Salvador. Traídos, seus líderes foram presos e executados. Luísa conseguiu escapar.

Alguns anos depois, ela também participou da Sabinada, outro movimento revolucionário daqueles tempos.

Perseguida por sua atuação política, ela teria se mudado para o Rio de Janeiro. Não se sabe ao certo se ficou na capital carioca ou se foi deportada para Angola.

Seu filho, o poeta Luís Gama, um dos maiores abolicionistas do país, escreveu sobre ela: "Sou filho natural de uma negra africana livre da nação nagô, de nome Luiza Mahin, pagã, que sempre recusou o batismo e a doutrina cristã. Minha mãe era baixa, magra, bonita, a cor de um preto retinto, sem lustro, os dentes eram alvíssimos como a neve. Altiva, generosa, sofrida e vingativa. Era quitandeira e laboriosa."

Uma bela homenagem para uma mulher empoderada, que não se curvava a valores alheios às suas crenças pessoais. Vale a reflexão: estamos dispostos a pagar o preço de desrespeitar nossos valores por causa da imposição alheia? Aliás, que valores você defenderia com unhas e dentes? Ao mesmo tempo, que valores talvez sejam apenas crenças limitantes que podem mudar em benefício do bem comum?

Saiba mais!

- Em 2019, o nome de Luísa Mahin foi incluído no **Livro de Heróis e Heroínas da Pátria**, guardado no Panteão da Liberdade, em Brasília.

- A atuação heroica de Luísa Mahin também foi cantada pela Mangueira no samba-enredo campeão do carnaval carioca de 2019, *História para ninar gente grande*.

- Em 1985, o nome de Luíza Mahin foi dado a uma praça pública no bairro da Cruz das Almas, em São Paulo, numa iniciativa do Coletivo de Mulheres Negras/SP.

- O romance *Malês, a insurreição das senzalas*, do historiador Pedro Calmon, retrata Luísa Mahin como a rainha que liderava o movimento revoltoso.

Nísia Floresta

Essa pioneira do feminismo brasileiro dedicou sua vida à defesa do direito das mulheres à educação.

1810-1885
Nísia Floresta
A EDUCADORA FEMINISTA

A educadora, escritora e jornalista Nísia Floresta Augusta não aceitava ouvir "o melhor livro são a almofada e o bastidor". Ao defender o direito feminino à educação, ela abriu as portas para cientistas, médicas, dentistas, jornalistas, engenheiras, etc. (e põe etc. nisso).

No Brasil Imperial, época em que a mulher era considerada um ser inferior que devia obediência aos homens, ela enfrentou com coragem os ataques daqueles que não lhe davam trégua. E não foram poucos.

Ainda menina, aos 13 anos de idade (o que hoje seria um verdadeiro absurdo), Nísia foi forçada a se casar com um proprietário de terras. O casamento seria conveniente para a família. Era a regra daqueles tempos... Contrariando os costumes da época, ela deixou o marido e voltou para a casa dos pais.

Inconformada com a educação destinada às mulheres — prendas do lar, boas maneiras e virtudes morais de uma boa mãe e esposa —, ela fundou sua própria escola na capital carioca em 1838. Tinha apenas 28 anos de idade.

No Colégio Augusto, além do ensino tradicional feminino, as meninas também aprendiam línguas, ciências, matemática, história, geografia, educação física, artes e literatura. Uma tremenda novidade para a época. Os críticos machistas caíram matando: "... trabalhos de língua não faltaram; os de agulha ficaram no escuro. Os maridos precisam de uma mulher que trabalhe mais e fale menos" (jornal O Mercantil, de 2 de janeiro de 1847).

Nísia era uma visionária. Defendeu com garra o direito à educação científica para meninas, algo que a essa altura, você já deve imaginar, também era proibido. "Por que os homens se interessam em nos separar das ciências a que temos tanto direito como eles, senão pelo temor de que partilhemos com eles ou mesmo os excedamos na administração dos cargos públicos, que quase sempre tão vergonhosamente desempenham?" Ela falava o que pensava. O que lhe garantiu uma horda de inimigos. Defender pontos de vista, em certas situações, pode ser extremamente desafiador. Você já passou por isso? Retaliações, boicotes, enfrentamentos podem surgir como consequência. Para lidar com essas situações, coerência e firmeza em torno daquilo que defendemos, evitando confrontos puramente emocionais, são uma boa estratégia. A raiva puramente reativa não costuma ser boa conselheira.

Aos 22 anos, ela escreveu seu primeiro livro, *Direitos das mulheres e injustiças dos homens*. Ao todo, ela deixou mais de 14 títulos publicados em vários idiomas.

Nísia também escrevia artigos para jornais em apoio ao abolicionismo e ao movimento republicano. A justiça social era a sua bandeira. Sua postura vanguardista era motivo de escândalo numa sociedade em que a maioria das mulheres permanecia submissa aos homens. Esperava-se da mulher um comportamento gentil, controlado, contido. Podiam apenas ser lindos bibelôs para despertar o interesse masculino, desde que não expressassem opiniões contrárias às regras sociais. E não faz tanto tempo assim...

Nísia escolheu ser uma cidadã do mundo. Ela viveu em diversos estados brasileiros, como Pernambuco, Rio Grande do Sul e Rio de Janeiro, e em vários países da Europa.

A educadora feminista faleceu na Normandia, em 1885. Setenta anos depois, seus restos mortais foram enterrados na fazenda Floresta onde ela nasceu, no Rio Grande do Norte. O mundo já era um lugar melhor para as mulheres, como ela sempre sonhou.

Seu legado foi tão importante que o município de Papari, no Rio Grande do Norte, onde ela nasceu, passou a se chamar Nísia Floresta em 1948.

Saiba mais!

- O Museu Nísia Floresta foi inaugurado em Papari, em 2012.
- A Empresa Brasileira de Correios e Telégrafos homenageou a educadora com o lançamento de um selo.

Ana Néri

Essa corajosa mulher não mediu esforços para salvar a vida de soldados doentes e feridos na Guerra do Paraguai.

1814-1880
Ana Néri
PRIMEIRA ENFERMEIRA DO BRASIL

Imagine deixar uma vida tranquila e confortável para servir de enfermeira voluntária numa guerra. Parece coisa de filme, não é?

Pois foi exatamente o que Ana Néri fez no século XIX.

Ana Justina Ferreira de Jesus nasceu em Vila Nossa Senhora do Rosário de Cachoeira do Paraguaçu, na Bahia. Lá, casou-se com o capitão de fragata Isidoro Antônio Néri, com quem teve três filhos. Cuidava sozinha da casa e dos filhos por causa das constantes viagens do marido. Então, aos 29 anos, ficou viúva. Precisava seguir em frente e garantir o futuro das crianças. Decidiu mudar-se para Salvador. Uma mulher sozinha com três filhos? Exatamente. Se isso hoje parece normal, naqueles tempos não era. As mulheres raramente tinham direito de decidir sobre suas próprias vidas.

Os filhos de Ana, Justiniano e Isidoro, tornaram-se médicos, e Antônio Pedro, oficial do Exército.

Então, em 1865, ela tomou uma decisão avassaladora que provavelmente chocou todos que a conheciam. Aos 51 anos de idade, ela se ofereceu para ser enfermeira voluntária na Guerra do Paraguai. Nesse conflito, que se estendeu de 1864 a 1870, Brasil, Argentina e Uruguai lutavam contra o Paraguai por questões territoriais e econômicas. As batalhas aconteciam em terra e no mar.

Ana Néri

"Como brasileira, não podendo ser indiferente ao sofrimento dos meus compatriotas e, como mãe, não podendo resistir à separação dos objetos que me são caros, [...] desejava acompanhá-los por toda parte, mesmo neste teatro de guerra", escreveu na carta para o presidente da província.

Ana queria acompanhar os familiares — filhos e irmãos — convocados para lutar e também ajudar os soldados que precisassem. Tinha um espírito altruísta, do tipo que gostava de fazer o bem sem olhar a quem. Talvez você conheça algumas pessoas assim... elas fazem a diferença no mundo. Atualmente, isso pode ser uma escolha profissional, como no caso dos Médicos Sem Fronteiras e outras entidades estruturadas para contribuir na cura das mazelas sociais. A disponibilidade de fazer trabalho voluntário é outra forma de canalizar a vontade de fazer o bem, compartilhar saberes, ajudar o próximo.

Um detalhe importante: Ana não era enfermeira. Ela aprenderia as noções básicas de enfermagem com as irmãs de caridade de São Vicente de Paulo, no Rio Grande do Sul, para onde partiu para ser voluntária. Lá, foi incorporada ao Décimo Batalhão de Voluntários, tornando-se a primeira enfermeira de guerra do país.

Munida de coragem, dedicação e amor ao próximo, Ana Néri conseguiu criar condições básicas de higiene para o tratamento de doentes e feridos na linha de frente da batalha. Seus conhecimentos de fitoterapia — o uso de plantas para fins medicinais — foi fundamental. A situação era precária: faltavam insumos e remédios. Sobravam feridos. Doenças como cólera, malária, varíola, febre tifoide e pneumonia ameaçavam a vida dos combatentes. A maioria dos soldados morria por conta dessas doenças infecciosas.

Ana organizou as tarefas em hospitais militares na Argentina, no Paraguai e, também, em hospitais na frente de batalha, onde ajudou soldados brasileiros e até mesmo paraguaios. Isso irritou um bocado o comando do Exército Brasileiro.

E ainda fez muito mais. Com seus próprios recursos, ela montou uma enfermaria-modelo em sua casa em Assunção, onde trabalhou incansavelmente até o fim da guerra, em 1870.

Ana perdeu um filho e um sobrinho no combate. Mas não se deixou abater. Ela adotou três órfãos, filhos de soldados desaparecidos, e os trouxe para o Brasil.

De volta ao país, ela recebeu a "Medalha Geral de Campanha" e a "Medalha Humanitária de Primeira Classe" do governo imperial. Graças a sua dedicação, passou a receber pensão vitalícia por um decreto do imperador Dom Pedro II.

Ana Néri mudou-se para o Rio de Janeiro, onde faleceu no dia 20 de maio de 1880, aos 66 anos.

Tinha cumprido sua missão.

Saiba mais!

- Primeira mulher a entrar para o **Livro dos Heróis e das Heroínas da Pátria**, guardado no Panteão da Liberdade e da Democracia, em Brasília (2009).

- A primeira escola oficial brasileira de enfermagem ganhou o nome de Ana Néri, em 1923.

- A Rua da Matriz, onde ela nasceu, passou a se chamar Rua Ana Néri.

- O Museu Nacional de Enfermagem Ana Néri foi fundado em 2010, no Bairro do Pelourinho, em Salvador.

- Seu nome é relembrado com reverência na Semana da Enfermagem, de 12 a 20 de maio (data de seu falecimento).

- A Empresa Brasileira de Correios e Telégrafos lançou um selo comemorativo com sua imagem, em 1967.

Anita Garibaldi

Ela não teve medo de enfrentar a linha de frente de várias batalhas para lutar por sua pátria e pela pátria de seu companheiro. Sua coragem é reverenciada no Brasil e na Itália.

1821–1849
Anita Garibaldi
HEROÍNA DE DOIS MUNDOS

Era uma vez uma menina chamada Ana Maria de Jesus Ribeiro da Silva. Era a terceira de dez filhos de uma família catarinense humilde. A moral rígida do século XIX não conseguia aprisionar o espírito livre dela, que adorava andar a cavalo, correr no bosque e nadar nua no mar de Laguna. Um escândalo e tanto na época, quando se esperava que as garotas fossem obedientes, comportadas e sem ideias próprias. Tudo o que Ana não era.

Ana gostava de ouvir seu tio Antônio defender a república e criticar a monarquia vigente no Brasil. Foi assim que ela começou a alimentar seus ideais de igualdade social e liberdade.

Com a morte do pai, ela foi obrigada a se casar aos 14 anos com o sapateiro Manuel Duarte de Aguiar. Coisas daqueles tempos em que o casamento possibilitava alianças financeiras e, às vezes, políticas, para as famílias, saldava dívidas e podia garantir o futuro. As meninas não tinham escolha. Consegue imaginar?

Anita Garibaldi

Quando o marido se alistou no exército imperial e partiu, Ana voltou para a casa da mãe. A família dela apoiava os chamados farroupilhas, rebeldes que queriam se libertar da Coroa Portuguesa.

Então, aos 18 anos, Ana conheceu Giuseppe Garibaldi, rebelde italiano exilado que também apoiava os gaúchos defensores da república independente no sul do país. Os dois se apaixonaram à primeira vista. Foi então que Ana virou Anita, um apelido carinhoso dado por Giuseppe.

Os dois passaram a lutar lado a lado nas batalhas da Revolução Farroupilha.

Nada podia deter a destemida revolucionária na defesa dos ideais de liberdade em que ela acreditava. Na Batalha de Laguna, por exemplo, ela conduziu um pequeno barco, sob fogo cruzado, para transportar munição.

Coragem não lhe faltava para carregar e disparar canhões contra os navios da Coroa Portuguesa.

Mantê-la presa não era fácil. Na Batalha de Curitibanos, quando ela foi capturada pelas tropas imperiais e informada de que Giuseppe tinha morrido, fugiu a cavalo, grávida de seu primeiro filho, à procura do companheiro.

Encontrou-o vivo em Vacaria, no Rio Grande do Sul. O filho, Domenico, nasceu em meio às batalhas.

Após lutar a favor do Uruguai, em guerra contra a Argentina, o casal partiu para a Europa. Na Itália, Anita acompanhou Giuseppe nas lutas pela unificação do país. Atuou novamente com grande bravura em várias batalhas. Seu exemplo inspirou muitas italianas a lutarem pela mesma causa. Já parou para pensar como sempre podemos inspirar os outros por meio das nossas escolhas? E que o tempo todo somos inspirados também pelos demais? Ter consciência do que e de quem nos inspira pode revelar muito sobre nós mesmos. O autoconhecimento, garanto para você, facilita nossa jornada pela vida.

Anita não teve uma vida longa. Morreu aos 28 anos, grávida do quinto filho, de malária, em Mandriole, Itália.

Foi sepultada sete vezes (isso mesmo!) por questões políticas e por reivindicações pela guarda de seus restos mortais até encontrar seu derradeiro lugar na Itália. Os italianos a veneram. Tanto que ela foi homenageada com um mausoléu em Roma, na colina de Gianicolo. As estátuas de cavalos galopantes empinados sobre as duas patas traseiras do monumento são uma honraria concedida a líderes mortos em batalhas. Apenas ela e a francesa Joana d'Arc conquistaram tal homenagem reservada apenas aos homens.

No Brasil, ela é lembrada em muitas ruas, praças e instituições, principalmente em Santa Catarina. Existe até uma cidade no estado com seu nome. Agora, você já sabe por quê.

Saiba mais!

- Seu nome foi inscrito no **Livros de Heróis e Heroínas da Pátria**, guardado no Panteão da Liberdade em Brasília.

- Na minissérie *A casa das sete mulheres*, de 2003, da TV Globo, a atriz Giovanna Antonelli interpretou Anita e Thiago Lacerda, Giuseppe.

- A escola de samba carioca Viradouro homenageou nossa heroína com o enredo *Anita Garibaldi — a heroína das sete magias*, em 1999 (https://m.youtube.com/watch?v=au3POnanJMo).

- Em Laguna, onde ela viveu, sua história é lembrada em casarios transformados em museus, como a Casa Amarela.

Chiquinha Gonzaga

Num tempo em que as mulheres eram obrigadas a obedecer os pais e os maridos, ela transgrediu várias normas e se tornou a primeira compositora de música popular do Brasil.

1847–1934
Chiquinha Gonzaga
MAESTRINA DO POVO

Desafiar as regras sociais de seu tempo não é para qualquer um. Mas Francisca Edwiges Neves Gonzaga nasceu para revolucionar tudo ao seu redor.

Nascida na época do Segundo Império, filha de uma escrava mestiça liberta e de um primeiro-tenente de família ilustre, Chiquinha Gonzaga foi criada para ser uma dama comportada da corte imperial.

A música despertava seu interesse desde criança. E não apenas as valsas dos salões de baile. Chiquinha adorava ouvir os ritmos africanos, tocados com atabaques e outros instrumentos de percussão.

Aos 16 anos de idade, ela foi forçada pela família a se casar com o empresário Jacinto Ribeiro do Amaral. Tais uniões eram comuns naqueles tempos. De presente de casamento, ela ganhou seu primeiro piano. Foi paixão imediata.

Chiquinha Gonzaga

Mas o marido não aprovava seu envolvimento com a música. Então, ela ousou se separar dele, escandalizando a sociedade da época. Nenhuma mulher da Corte fazia isso. O casamento e a obediência ao marido eram regras que a maioria das mulheres acatava como se fosse algo normal. Em represália, Chiquinha perdeu a guarda dos filhos Hilário e Maria do Patrocínio e, também, o apoio da família, mas não voltou atrás. Tratou de cuidar de sua vida na companhia de João Gualberto, o filho mais velho.

Para garantir o sustento, Chiquinha dava aulas de piano e tocava em bailes. Fazer da música uma profissão era algo totalmente fora do script social para uma mulher no século XIX. Ousar seguir um caminho diferente na escolha da vida profissional pode ser um grande desafio. E quanto mais temos certeza daquilo que realmente queremos fazer, fica mais fácil. Por isso, o processo de descoberta dos nossos dons e talentos é essencial. Para mim foi assim. Tudo começou com o incentivo de uma professora de Português: "A Lúcia escreve bem."

A cultura musical brasileira agradece essa ousadia. Chiquinha Gonzaga contribuiu de forma única com o cancioneiro nacional ao incorporar os ritmos africanos das rodas de lundu, umbigada e outros às valsas, choros, tangos, cançonetas e polcas.

Considerada a primeira compositora popular do Brasil, ela criou centenas de músicas. Algumas ficaram para sempre na memória nacional, como a marcha carnavalesca Ô abre alas.

Ô abre alas!
Que eu quero passar
Eu sou da lira
Não posso negar
Ô abre alas!
Que eu quero passar
Rosa de Ouro
É que vai ganhar

Chiquinha também foi a primeira mulher a reger uma orquestra no país. Como maestrina, um termo que nem existia naqueles tempos, atuou em 77 peças teatrais, de diversos gêneros, como teatro de revista e operetas.

Abolicionista determinada, ela vendia partituras musicais para angariar fundos para a Confederação Libertadora e comprar a alforria de escravos. Militou também ativamente pelo fim da monarquia.

A vida amorosa da pianista foi marcada pelo que se chamava na época de "escândalos": dois divórcios e relacionamento com um parceiro mais jovem — João Batista Fernandes —, com quem viveu até o fim de sua vida.

Chiquinha Gonzaga compôs sua última obra, a opereta Maria, em 1934. Um ano depois, faleceu no Rio de Janeiro.

Agora você já sabe como ela abriu alas para tantas que vieram depois.

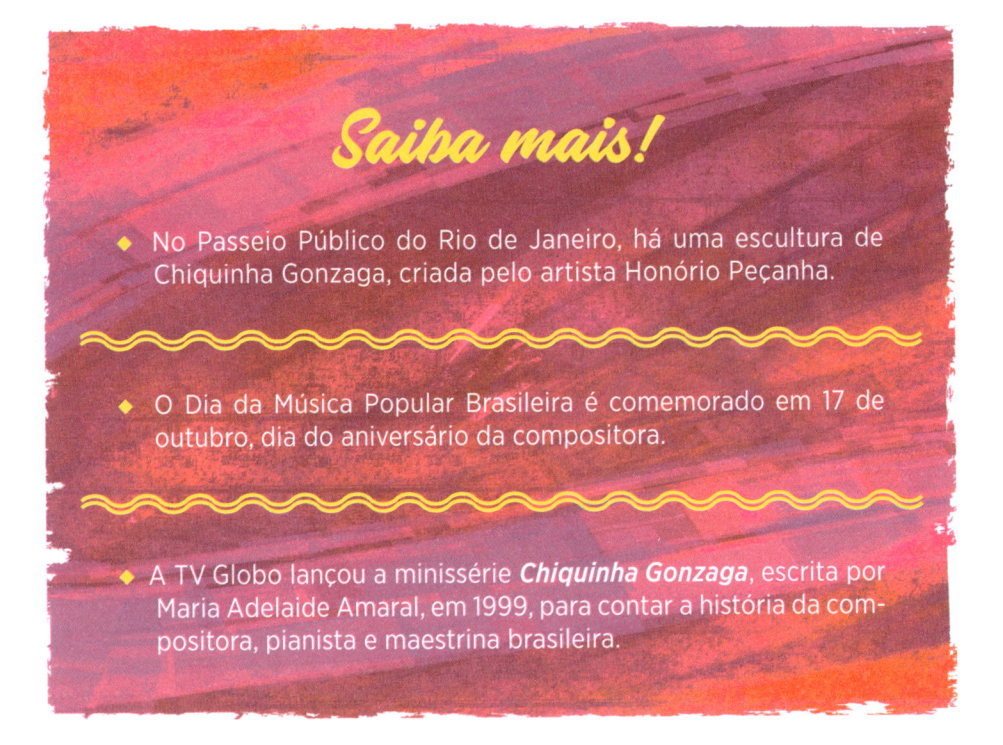

Saiba mais!

- No Passeio Público do Rio de Janeiro, há uma escultura de Chiquinha Gonzaga, criada pelo artista Honório Peçanha.

- O Dia da Música Popular Brasileira é comemorado em 17 de outubro, dia do aniversário da compositora.

- A TV Globo lançou a minissérie **Chiquinha Gonzaga**, escrita por Maria Adelaide Amaral, em 1999, para contar a história da compositora, pianista e maestrina brasileira.

Jovita Feitosa

Ela se tornou um verdadeiro símbolo de emancipação feminina ao tentar fazer aquilo que apenas os homens tinham direito no século XIX: lutar como soldado numa guerra.

1848–1867
Jovita Feitosa
AUDACIOSA VOLUNTÁRIA DA PÁTRIA

Pode ser mera coincidência, mas Antonia Alves Feitosa nasceu numa família pobre num pequeno povoado cearense, no dia 8 de março. Isso mesmo, na data em que hoje comemoramos o Dia Internacional da Mulher.

Após a morte da mãe, vítima de cólera, ela se mudou para a casa de um tio em Jaicós, no Piauí. Com ele, Jovita aprendeu a ler, escrever, caçar e atirar. Nada do que as meninas da época faziam.

O tio gostava de falar de política e comentava com a sobrinha sobre as notícias da Guerra do Paraguai nos jornais. Algumas falavam de atrocidades cometidas por soldados paraguaios contra mulheres brasileiras. Isso revoltava Jovita.

Nessa época, num grande esforço patriótico, as autoridades conclamavam todos os brasileiros a se alistarem para combater. Diga-se de passagem: todos os homens. As mulheres poderiam ficar apenas na retaguarda, como enfermeiras, como fez Ana Néri, uma das heroínas deste livro, lembra?

Então, vivendo todo esse clima, Jovita radicalizou: cortou os cabelos bem curtos, disfarçou o volume dos seios com bandagens, vestiu as roupas do tio, colocou um chapéu de vaqueiro e partiu para se alistar em Teresina. Tinha 17 anos.

Lá, seu disfarce foi descoberto por uma feirante. Jovita foi presa e, ao ser interrogada, explicou aos prantos que tinha mentido porque tinha muita vontade de lutar. Isso impressionou muito o delegado porque ninguém mais queria se alistar. O conflito se tornara uma carnificina. A elite fazia doações e entregava os escravos para lutarem no lugar dos filhos. Os pobres eram levados à força. Muitos homens até se vestiam de mulher para fugir da guerra.

Foi então que as autoridades do Piauí perceberam em Jovita o potencial de um exemplo patriótico. Se até uma mulher queria lutar, por que os homens, não? Além disso, ela atirava bem, sabia ler e era mais disciplinada do que muitos soldados. Jovita ganhou o posto de sargento no Segundo Corpo de Voluntários da Pátria do Estado.

Nos jornais, alguns a comparavam com a francesa Joana d'Arc, que também cortou os cabelos para lutar. Não demorou muito para Jovita se tornar uma celebridade.

Na viagem de navio até chegar ao Rio de Janeiro, entre agosto e setembro de 1865, sua imagem foi amplamente explorada. A jovem vestida com farda militar e um saiote atraía uma multidão de curiosos. E nem tinha Instagram naquela época...

Em São Luís, Salvador e Recife, ela foi recebida com festa por autoridades locais. Fotógrafos lucravam com a venda de seus retratos. Poetas escreviam versos patrióticos usando-a como musa. A voluntária da pátria era tratada como uma celebridade. Enquanto era conveniente, sua imagem foi usada exaustivamente. Percebe como isso acontece até hoje na mídia? Algumas personalidades são endeusadas ou menosprezadas de forma contundente. Narrativas são criadas e repercutem muito além do fato em si. O mundo aplaude, vaia e se esquece rapidamente de tudo.

No Rio de Janeiro, um espetáculo foi apresentado em sua homenagem no Teatro São Pedro de Alcântara. Nele, a canção *A espartana do Piauí* louvava sua ousadia.

Mas a alegria de Jovita durou pouco. A Secretaria de Estados dos Negócios da Guerra não permitiu que ela ficasse no Corpo de Voluntários da Pátria como sargento. Isso era mesmo só para homens. Nem o imperador Dom Pedro II conseguiu revogar a proibição. Ofereceram um posto de enfermeira, mas Jovita recusou.

Frustrada, Jovita voltou para a casa da família no Piauí. Mas não aguentou ficar por lá. Preferiu seguir com sua vida no Rio de Janeiro.

O que aconteceu depois é envolto em muitas controvérsias.

Alguns historiadores dizem que ela morreu no anonimato, na capital carioca. Outros contam que ela teria se suicidado aos 19 anos com uma punhalada no coração por causa de uma decepção amorosa. Fato que chegou a ser noticiado pelos jornais da época.

Há quem diga ainda que ela conseguiu ir para a guerra, na companhia de um soldado. Quando ele morreu, tomou a farda dele e passou a guerrear e ajudar a salvar os feridos. Teria morrido num incêndio, em 1869, num hospital paraguaio tentando salvar as crianças que lá estavam.

Salve, Jovita!

Saiba mais!

- O nome de Jovita Feitosa foi inscrito no **Livro de Heróis e Heroínas da Pátria**, guardado no Panteão da Liberdade, em Brasília.

CARTA ABERTA
aos leitores

Olá! Que bom que você chegou até aqui. Espero que a leitura deste livro seja enriquecedora de múltiplas formas. Em minha trajetória pessoal, sempre busquei inspiração no legado de outras mulheres. Muitas vezes em livros, nos quais eu grifava ou copiava as frases para que me acompanhassem sempre. Foi assim com Clarice Lispector, minha musa inspiradora, cuja profundidade e sensibilidade despertaram minha alma para a escrita. "Não, não é fácil escrever. É duro como quebrar rochas. Mas voam faíscas e lascas como aços espelhados." Ah, eu fui fisgada para sempre por essas palavras.

Venho de uma família de mulheres fortes. Minha bisavó materna, de quem herdei o nome, ousou se separar do marido numa época em que ninguém fazia isso. Era uma empreendedora nata, que alugava quartos em casa, emprestava dinheiro, ajudou a criar minha mãe, construiu três casas, auxiliou a comunidade e muito mais. Minha avó Rosinha também se separou do marido e viveu a própria vida. Ensinou-me a amar passarinhos e quintais. Parecia uma mulher frágil, às vezes melancólica e triste, mas contava histórias como ninguém e dava excelentes conselhos. Minha mãe Regina me deu o maior presente que eu poderia desejar: respeitou as minhas escolhas de vida. Escolhas que me trouxeram até aqui como profissional, ser humano, mãe, cidadã. Só para você entender: há décadas, minhas escolhas eram arrojadas demais para uma menina judia que cresceu num círculo restrito numa capital do sul do

Brasil. Eu não quis seguir o *script* previsto. Como disse uma amiga dos tempos de escola, "a Lúcia sempre foi de vanguarda". Para outros, eu era muito "saidinha" mesmo. Rsrsrs. Tratei de criar minha própria história. Fui mãe aos 20 anos, porque eu queria muito, casei, me divorciei, fui morar com meu filho Igor em Floripa, depois em Sampa, trabalhei como jornalista em emissoras de TV, assessorias de comunicação, editoras. E, em 1994, iniciei minha carreira de escritora de livros infantojuvenis. Uau! Nada seria como antes para mim. Era a realização de um grande sonho. O início de uma jornada criativa que enche minha alma de satisfação a cada novo projeto, como este livro.

Hoje, quando olho para trás, percebo que tenho uma história. Ela é feita de grandes e pequenas escolhas, de lágrimas, sorrisos, começos, recomeços, sonhos, ousadias, erros, acertos, vitórias, persistência, esperança, resiliência, fé. Fácil nunca foi, mas eu nunca desisti e a cada "não" eu me nutria de esperança para prosseguir.

Continuo superempolgada pela vida porque faço o que gosto — escrever —, além de um monte de outras coisas (academia, yoga, dança circular, trilhas, jardinagem, meditação, ver filmes, ler livros, curtir passarinhos e cachorros, viajar, tricotar, cozinhar, etc., etc., etc.) e valorizo tudo o que sou e tenho. A vida é uma experiência sensacional!

Sou grata a todas essas heroínas que vieram antes e me inspiram por tudo o que foram e fizeram. Não canso de achá-las incríveis. Desde que decidi escrever este livro, em 2018, me sinto conectada a todas essas mulheres de uma forma mágica e intensa. Sou pura gratidão a todas elas, pura reverência, puro amor.

Que felicidade a minha contar com a parceria da Lura Editorial, que percebeu a importância deste projeto.

Se com este livro eu puder inspirar você, ficarei profundamente feliz.

Namastê!

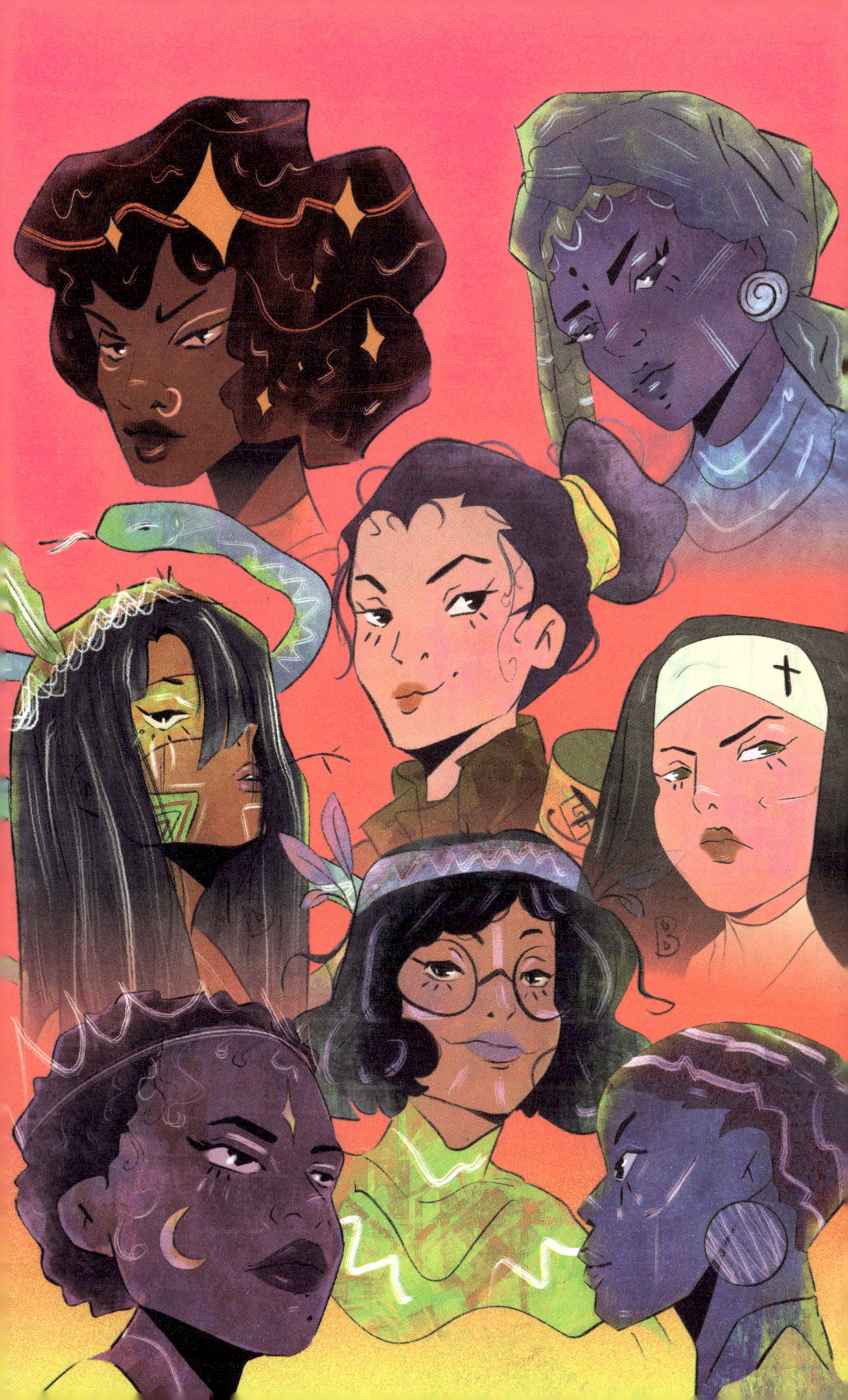

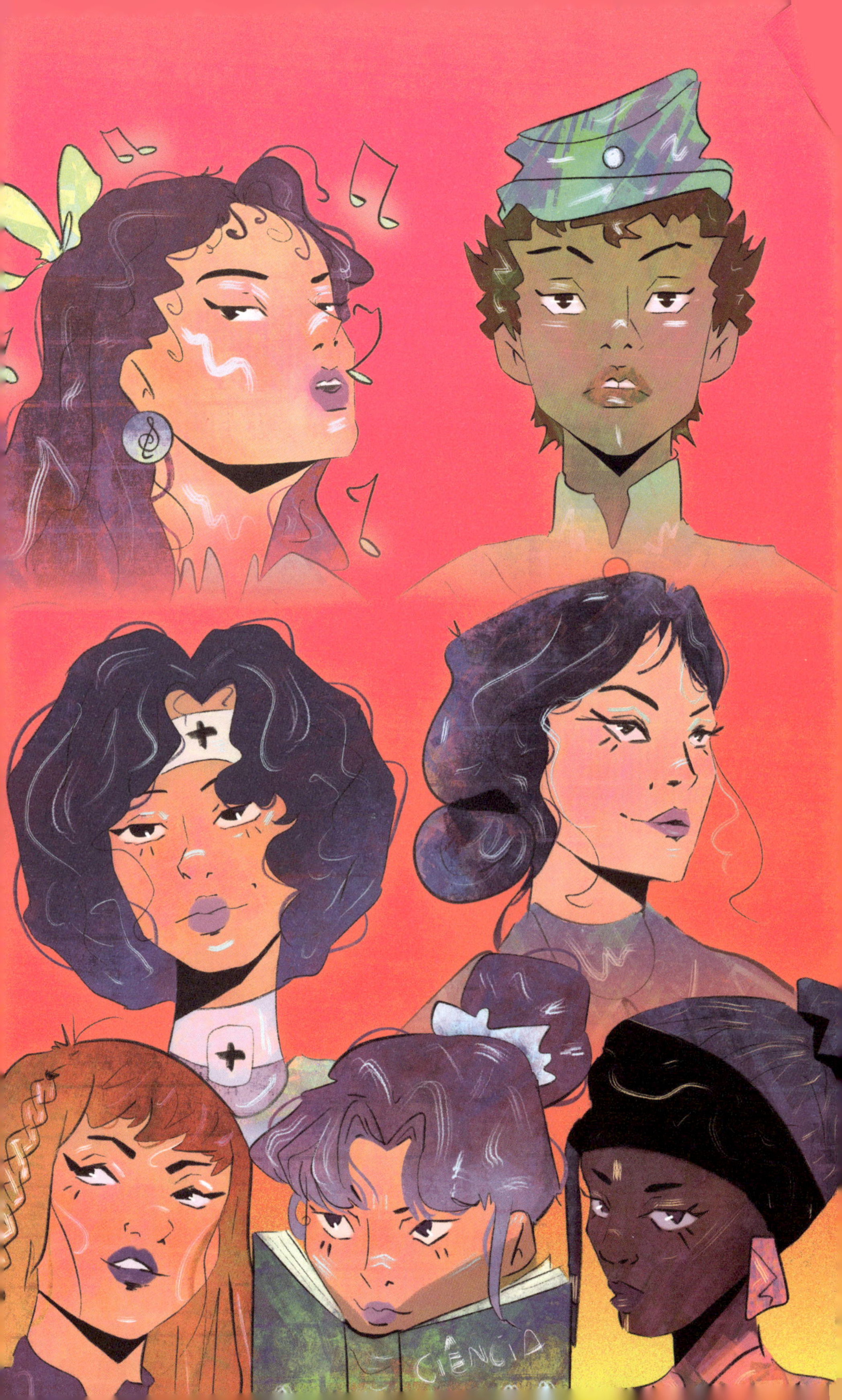
CIÊNCIA

ATIVIDADES

Agora que você já conhece a história dessas brasileiras incríveis, que tal vivenciá-las?

1. CARTA PARA MINHA HEROÍNA FAVORITA

- Escreva uma carta para sua heroína preferida. Fale sobre você, conte por que se identifica com ela, parabenize-a pelas conquistas e desafios enfrentados.

2. DIÁLOGOS SURPREENDENTES

- Escolha duas ou mais heroínas e crie diálogos entre elas. Você pode escolher um tema específico ou vários. Capriche no humor!

3. EU, ESTILISTA

- Se você gosta de desenhar, aproveite para criar modelos de roupas e acessórios para as heroínas do Brasil. Uma pesquisa sobre a época em que viveram pode ajudar na criação das peças.

4. EU, HEROÍNA. EU, HERÓI

- Se você pudesse voltar no tempo, em que época gostaria de viver? Que causa gostaria de defender? O que você faria para transformar a realidade? Escreva um texto sobre o assunto e compartilhe com seus colegas.

5. POSTAGEM #HEROÍNASDOBRASIL

- Qual das heroínas do livro você gostaria que fosse mais conhecida do público em geral? Crie uma postagem sobre ela em suas redes sociais com a #heroínasdobrasil.

6. RAP DAS HEROÍNAS

◆ Que tal criar um rap inspirado nas heroínas do Brasil? Afinal, um toque de modernidade pode ajudar a divulgar ainda mais o legado dessas mulheres incríveis. Capriche na letra e no ritmo.

7. QUEM É A HEROÍNA?

◆ Aqui vai a sugestão de uma brincadeira em grupo: escreva os nomes das heroínas deste livro em pequenos papéis. Cada pessoa escolhe um. Então, os outros fazem perguntas para descobrir seu nome.

Exemplo:

Em que época ela viveu? O que fez de extraordinário? Como influenciou a vida de outras pessoas? Quem descobrir, recomeça a brincadeira pegando outro papel.

8. RODA DE HEROÍNAS

◆ Fique em roda com seus colegas. Cada um escolhe encenar o papel de uma heroína. Conversem uns com os outros como se fossem elas.

9. SAMBA-ENREDO

◆ Solte sua criatividade para criar a letra de um samba-enredo sobre as heroínas do Brasil. Convide seus amigos músicos para criar a melodia.

10. HEROÍNAS ANÔNIMAS

- Você conhece alguma heroína anônima? Alguém que você gostaria que os outros também conhecessem? Escreva um texto sobre ela ou faça um vídeo e compartilhe com os colegas.

SOBRE A AUTORA

Lúcia Tulchinski iniciou sua carreira de escritora em 1994, com a publicação dos livros *Vupt, a fadinha* e *O porta-lápis encantado*, pela Editora Scipione. Pela coleção *Reencontro Infantil*, da Editora Scipione, publicou as adaptações dos clássicos *Fábulas de Esopo*, *Fábulas de Jean de La Fontaine*, *Viagem ao centro da Terra*, *Viagens de Gulliver* e *O mágico de Oz*. Lançou o audiolivro *O mágico de Oz* pela Editora Livro Falante, em 2018, e *Monstronário — monstros e assombrações do Brasil*, pela Editora Estrela Cultural, em 2019. Formada em Jornalismo pela Universidade Federal do Paraná, atuou em editoras, agências de comunicação e instituições em Curitiba, Florianópolis e São Paulo. Foi roteirista dos programas de TV *O agente G* (premiado pela APCA como melhor programa infantil em 1997), Bill Body, Mundo Maravilha e Note e Anote, da Rede Record, e Dia a Dia, da TV Bandeirantes. Com a palestra *Eu amo ler*, compartilha seu amor pelos livros e pela leitura em escolas e instituições desde 2016. Em 2022, lançou o podcast *Heroínas do Brasil* em parceria com a produtora Tumpats. Atualmente vive em Curitiba, onde dedica-se à produção de projetos de conteúdo e encontros com leitores.

◉ **lucia_tulchinski_escritora**

SOBRE A ILUSTRADORA

Laila Arêde é ilustradora e designer freelancer. Cria diversas artes voltadas para a área editorial, infantil, animação e publicidade. Além disso, é bacharel em Estudos de Mídia pela Universidade Federal Fluminense (UFF).
Conheça mais de seu trabalho em:
www.lailartsy.com

CONHEÇA A LURA